LES

Maîtres Musiciens

DE LA

RENAISSANCE FRANÇAISE

LES
Maîtres Musiciens
DE LA
RENAISSANCE FRANÇAISE

ÉDITIONS PUBLIÉES

PAR

M. HENRY EXPERT

Sur les manuscrits les plus authentiques et les meilleurs imprimés du xvie siècle,
avec variantes,
notes historiques et critiques, transcriptions en notation moderne, etc.

EUSTACHE DU CAURROY

Mélanges

(Premier fascicule)

BROUDE BROTHERS · NEW YORK

AVERTISSEMENT

A deuxième série des Maîtres Musiciens de la Renaissance française présente des éditions à la fois critiques et pratiques.

Notre plan primitif n'y est point modifié. Nous reproduisons textuellement les œuvres d'après les monuments originaux. Ceux-ci, imprimés ou manuscrits, ne donnent les diverses voix d'une pièce, d'un quatuor, par exemple, qu'isolées les unes des autres, armées de telle ou telle clef selon la tessiture, et écrites, sans barres de mesure, en une notation carrée et losangée, mêlée de ligatures, de proportions, de points de division, de perfection, d'augmentation, etc.

Dans nos éditions, les voix sont réunies en une partition mesurée dans laquelle, aux valeurs de l'ancienne notation, se substituent les valeurs actuelles équivalentes :

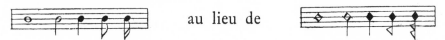

au lieu de

Les ligatures sont indiquées par le trait ⌐‾‾‾⌐ reliant le groupe de notes :

pour

Les proportions et autres signes, qui dans une partition ne seraient que des singularités graphiques superflues (1), sont traduits purement et simplement — le lecteur en retrouvera la figuration dans nos *Sources du Corpus de l'art musical franco-flamand des XVᵉ et XVIᵉ siècles*.

Les accidents marqués entre parenthèses sont ceux que le texte ancien ne porte pas mais que les exécutants ajoutent par tradition. Il est à remarquer qu'au XVIᵉ siècle les signes de dièse s'appliquaient aussi bien aux ♯ qu'aux ♮ (voir nos fac-simile); nous les traduisons régulièrement.

Reste la question des clefs.

Chacune des neuf clefs de l'ancienne musique avait l'avantage de déterminer d'une manière certaine le genre de la voix à laquelle elle était affectée. L'étendue moyenne, l'ambitus où cette voix pouvait user de ses ressources les plus sonores, les plus moelleuses, les plus vocales, en un mot, n'était autre que l'ensemble des onze notes de la portée commandée par la clef [portée musicale] (une ligne supplémentaire, dans le grave ou dans l'aigu, était l'exception).

On avait les clefs suivantes : [clefs musicales] désignant le soprano aigu, le soprano, le mezzo-soprano, le contralto, la haute-contre ou ténor élevé, le ténor grave ou baryton élevé, le baryton, la basse, la basse profonde.

---

(1) En voici des spécimens pris dans notre édition de Menehou *(Les Théoriciens de la Musique au temps de la Renaissance)*.

Il faut savoir que, dans les livres de musique du XVIe siècle, le mot *Superius* ou *Dessus*, en tête d'un volume, ne veut nullement dire que toutes les pièces de ce volume sont chantées par le Soprano; on y voit, en effet, à côté des clefs de Sol, les clefs d'Ut 1re, 2e, 3e lignes, voire les clefs plus graves; et il en est de même des autres volumes de *Contra* ou *Contratenor* ou *Altus*, de *Ténor* ou *Taille*, etc.

Aussi bien, les différentes clefs suffisaient pour la désignation expresse des différentes voix.

C'est justement le souci de rendre cette précision, ce sens réel de l'ancienne notation, qui, longtemps, nous a fait hésiter à adopter les seules clefs actuelles. Mais aujourd'hui, nous espérons avoir résolu la difficulté d'une traduction exacte en procédant de la manière suivante :

Toute pièce sera précédée d'une table thématique où chaque partie figurera avec son appellation et sa notation originales.

Dans la partition, les voix, que des astérisques reporteront à la figuration originale de la table thématique, seront rigoureusement déterminées par le sens des clefs anciennes, et traduites ainsi :

Les quatre voix supérieures *(soprano aigu, soprano, mezzo-soprano, contralto)* seront ramenées à la clef de Sol 2e ligne; les quatre voix inférieures *(baryton élevé* ou *ténor grave, baryton, basse, basse profonde)* à la clef de Fa 4e ligne; la voix centrale de l'échelle vocale, la *haute-contre* qu'on

appelait aussi *contraltino* ou *ténor élevé*, sera écrite en cette clef de Sol attribuée de nos jours aux ténors, et qui note l'octave du son réel (1).

Afin qu'il n'y ait jamais d'équivoque ni de confusion, à la différence de la clef de Sol des voix supérieures 𝄞 , nous figurerons ainsi la clef de Haute-contre 𝄞 pour laquelle il faudra toujours sous-entendre l'*octava bassa* (2).

Voici, en résumé, le tableau général des anciennes clefs, avec la traduction que nous en donnons dans nos livres.

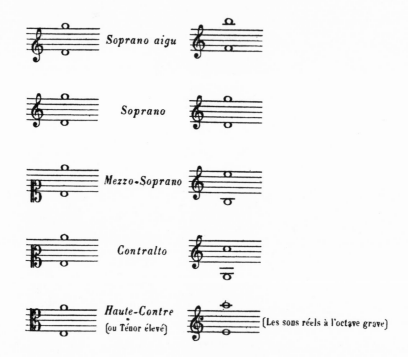

(1) L'usage de cette clef est légitimé par le trop grand nombre de lignes supplémentaires que demanderait l'écriture exacte, soit en clef de Sol, soit en clef de Fa.

(2) Disons aussi que, selon les moyens dont on dispose, on peut faire chanter la haute-contre par des ténors ou par des contraltos, ou même, dans les masses chorales, par un groupe des uns et des autres.

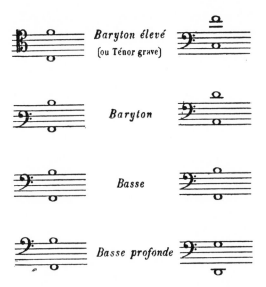

La clef de Fa 5ᵉ ligne n'est pas toujours employée pour la voix de Basse profonde. Voir, par exemple, dans le présent livre, le Noël « *Sus, troupe chanteresse* » avec son prodigieux contre *ut* grave.

Par le fait des clefs modernes à la partition, la réduction ajoutée dans notre première série devient inutile : nos vieux Maîtres sont désormais accessibles à toutes les classes de musiciens, amateurs, artistes ou érudits-musicologues.

Nous disons que, dans nos livres, nous mesurons la partition : il faut toutefois excepter la musique mesurée à l'antique.

Cette musique, bien que pouvant cadrer avec nos mesures modernes, est plus facilement comprise en son vrai rythme lorsqu'elle n'est pas enserrée entre nos barres; elle est aussi plus souple, plus naturelle, mieux dans la main, pour ainsi dire, et toute désignée pour le *touchement* cette battue si nuancée des musiciens de la Renaissance.

Un temps bref, pour une syllabe brève; un temps long, de la valeur de deux brefs, pour une syllabe longue : il n'est pas besoin, en principe (1), d'autre battue pour cette musique. Le rythme, qui n'a rien à faire avec l'action mécanique du levé et du frappé des temps, se manifeste dans l'ensemble eurythmique résultant de la disposition des brèves et des longues et des accents de valeur qui les commandent.

C'est, en effet, la quantité des syllabes qui régit le *vers mesuré*, et cette mesure du vers, s'incorporant à la musique, devient la règle de son rythme.

---

(1) Nous publierons prochainement un traité de l'exécution de la musique renaissance; la question des rythmes à l'antique y sera étudiée avec détail.

Quant à l'appellation de ces musiques sur des poésies relevant de la métrique gréco-latine, les imprimés du XVIe siècle portent la simple mention : vers mesurez.

Vers mesurez, dit Estienne Pasquier, *ainsi appellons-nous ceus ausquels nous voulons representer les grecs et latins ... esquels on considère la proportion des pieds longs et briefs seulement.*

Les Recherches de la France. Livre VII, chap. 11 : Que nostre langue est capable des vers mesurez, tels que les Grecs et Romains.

Pour être entendu sans équivoque, nous dirons, avec Vauquelin de la Fresnaye (1) : *vers mesurés à l'antique.*

*
* *

Nous abordons aujourd'hui les *Meslanges* d'Eustache Du Caurroy, comprenant des psaumes français, des chansons spirituelles ou profanes, des noëls; des vers mesurés en français ou en latin, psaumes ou chants profanes.

Nous divisons cet ouvrage considérable en quatre volumes contenant chacun des pièces des différents genres. Le dernier volume donnera la table générale selon l'ordre de l'original.

Nous établissons cette édition des *Meslanges* de Du Caurroy d'après l'édition donnée par Pierre Ballard en 1610 : Paris. — Bibliothèque Nationale : Rés. Vm⁷. 253, etc.; Bibliothèque Sainte-Geneviève : Rés. V. 441-444.

HENRY EXPERT.

---

(1)   Baïf qui n'a voulu corrompre ni gaster
L'accent de nostre langue, a bien osé tenter
De renger sous les pieds de la Lyre Gregoise,
Mais en son propre accent, nostre Lyre Françoise :
Et tant a profité ce courageux oser,
Que, comme luy, plusieurs ont daigné composer,
Allians à leurs vers mesurez à l'antique
L'artifice parlant de la vieille Musique.
(*Art poétique*, II, 841 et suiv.).

MESLANGES

DE LA MVSIQVE

DE EVST. DV CAVRROY,

M^e. de la Muſique de la Chappelle du Roy.

Ex Libris Stæ A PARIS, *Genovefæ parif.*

Par PIERRE BALLARD, Imprimeur de la Muſique du Roy, de-
meurant ruë S. Iean de Beauuais, à l'enſeigne du mont Parnaſſe.

1610.

AVEC PRIVILEGE DE SA MAIESTE'.

HAVTE-CONTRE.

MONSEIGNEVR,

Ce liure de Chanſons, tout preſt à mettre ſoubs la preſſe lors qu'il pleut à Dieu diſpoſer de Monſieur du Caurroy mon oncle, ſon Autheur, qui vous l'ayant deſdié, s'eſtoit auſſi promis l'honneur de vous le preſenter luy-meſmes: honneur, diſ-je, qu'il deſiroit auec tant d'ardeur & deuotion, voire, ſi j'oſe dire, d'impatience, qu'il ſembloit ne demander ſa ſanté que

A ij

pour jouir de ce bon-heur, & vous rendre cét hommáge ; lequel il a publié maintesfois eſtre plus juſtement deu à voſtre vertu qu'à nul autre, pour vous auoir veu auec tant d'affection aymer ceſte belle ſcience, qu'au milieu des plus importantes affaires de ce Royaume, (eſquelles vous eſtes employé) les heures de voſtre repos y eſtoyent entierement voüées : teſmoignage certain d'vne ame bien reiglée en toutes ſes functions & mouuemens. C'eſt pourquoy, Monſeigneur, je prends la hardieſſe de vous offrir ce ſien labeur, que vous receurez s'il vous plaiſt, ſelon voſtre bonté : &, je m'aſſeure, cherirez, en la memoire de celuy qui vous a eſté juſques à la mort, ainſi que je ſeray toute ma vie,

MONSEIGNEVR,

Voſtre treſ-humble, & treſ-obeiſſant
ſeruiteur,

ANDRÉ PITART.

AV LIVRE DES MESLANGES,
DE FEV MONSIEVR DV CAVRROY.
SONNET.

QVAND *ie preste l'oreille aux sons melodieux,*
  Dont ce grand DV CAVRROY *sçait animer ce liure :*
  Ie brusle de sçauoir quel astre gracieux
 Les a fait si long temps à leur Chantre suruiure .
Car sçachant qu'il reuit maintenant dans les Cieux,
  D'vn repos qui le rend de tous ennuis deliure :
  Ie m'estonne dequoy, d'vn sommeil ocieux,
 Ces beaux airs ne l'ont point plus auant voulu suiure .
Toutesfois, DV CAVRROY, *selon que i'aperçoy,*
  N'ayant rien que d'égal, & d'armonie en soy,
  Me fait croire pourtant que cét effet doit estre ,
Et que pour empescher ses chansons de perir,
  Ceste voix , qui de luy fut la premiere à naistre ,
  Doit estre par raison la derniere à mourir .

         P. H.

AV LIVRE DES MESLANGES,
DE FEV MONSIEVR DV CAVRROY.

S O N N E T.

V OYCI depeints, par la mesme vertu,
  De DV CAVRROY la marque & la figure,
  L'ordre, le temps, la reigle & la mesure
  Dont on le vit ici bas reuestu.
  Voyci le trait de ce burin pointu,
  Dont il se porte à la race future :
  Sans que des ans la rigueur, ny l'injure,
  Voyent son nom par l'oubly combatu.
Voyci l'endroit ou ses courtes iournées,
  Vont par la main des fieres destinées,
  De ses accords les effets limitans :
Et comme en fin, par vn labeur extresme,
  Ayant compris points, mezures & tems,
  Le temps a peu le comprendre luy mesme.

           O. D.

AV LIVRE DES MESLANGES
DE FEV MONSIEVR DV CAVRROY.

 ESLANGES *faits d'accords si dous,*
Que nos discords n'accordez-vous,
Sans nous mesler en deux extresmes?
Vous faites bien sentir l'effort
Qui nous separe de nous-mesmes,
Et nous ne sentons point la mort.

L. DE LA HYRE.

 OSTHVME, *qui viens voir le jour*
Durant la nuit de ton feu Père,
Tu dois ça bas viure a ton tour,
Vn jour d'eternelle lumiere:
Car à sa mort il te laissa
La vie, & la haut se plaça.

C. GVILLET. F.

SVR LES CHANSONS
DE MONSIEVR DV CAVRROY.
SONNET.

CHANSONS, *dont la douceur peut les pierres mouuoir,*
    Et par art se ranger pour bastir vne ville :
    Chansons dont le chant peut rendre vne mer tranquille,
    Et pour nous en sauuer les Dauphins émouuoir.
Chansons qui pourroyent bien par vn double pouuoir,
    Flechir deux fois Pluton pour vne âme gentille :
    Chansons qui passeroyent en leur douceur vtille,
    D'Amphion, d'Arion, & d'Orphé le sçauoir.
Les merueilles qu'on dit de ces chansons antiques,
    Ne paroissent ici que des chansons rustiques,
    Comme au flageol de Pan, la lyre d'Apollon :
Car ces belles chansons, qui passent la Nature,
    Et rendent plus heureux ce terrestre vallon,
    C'est vn pourtrait viuant de la joye future.

L. DE LA HYRE.

A iij

A SIX. HAVTE-CONTRE.

E long des eaux, Le long des eaux, ou se bagne De Baby-

lon la campagne, la campagne, Abbatus d'affliction, Contre

terre nous no° mismes, Con-   tre terre nous nous mismes, Et

Tournez.

force pleurs espandismes,   Et force pleurs espandismes, No° souuenās Nous souuenās No° sou-
HAVTE-CONTRE.   B

A QVATRE. VERS MESVREZ. DV CAVRROY.

Ous   te loüons bon Dieu, des biés que nous offre ta bonté,

Pour nour- rir nostre corps, qui   n'a vigueur que de toy. Au pere

soit tout honneur, au tres-sainct Esprit, & au Fils; Tel qu'il estoit,

& qu'il est, & sera   sans fin. Amen.   Tel qu'il estoit, & qu'il est, & sera   sans fin. Amen.

Ose voftre beau teint & vos douces & vos dou-

ces odeurs, & vos douces o-   deurs voftre beau teint & vos

douces odeurs   & vos douces   & vos douces   odeurs,

Figurent à mes yeux les di-   uines   fa-   ueurs Que le Ciel liberal

le Ciel liberal   departit à madame: departit à mada-   me: à

madame: Pareilles en beâuté, pareilles en couleurs. Si Iupiter faifoit vn Royau-

me vn Royau- me des fleurs, Vous regi-   riez les fleurs comme elle fait   comme elle fait mon

-a-   me. fait mon a-   me. côme el-   le fait   mon ame,

Oel, noel, noel, noel, noel, noel, no-   el,

noel, noel,   noel, noel, noel, no-   el, noel,   noel, no-

el, noel, noel, noel,   noel, noel, noel,   noel, noel, noel,

noel, noel, noel, noel, noel, noel,   noel,   noel,   noel, noel, noel,   noel, no-

el, noel, noel.   Sus troupe chanteresse   D'Henry, Roy des François, D'Henry, Roy D'Henry

Roy des François, Au Monarque des Roys, Chantons   noel Chan-   tons noel Chan-

tons noel   noel fans cesse.   Noel, noel, noel, noel,   noel, noel, noel, noel,   noel,

noel,   noel, noel, noel,   noel, noel,   noel, noel, noel, noel.

TABLE

LES MAÎTRES MUSICIENS DE LA RENAISSANCE FRANÇAISE

EUSTACHE DU CAURROY. — MELANGES

I

LE JUSTE QUE JUGEA LE JUGE TRES INJUSTE

PREMIÈRE PARTIE

NOTATION ORIGINALE

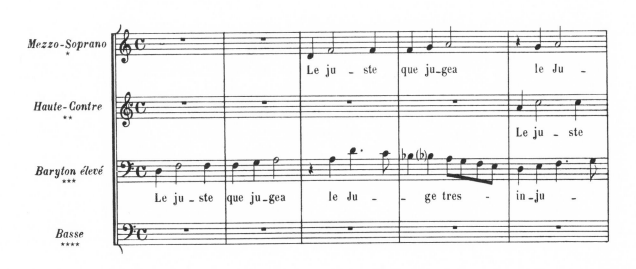

Broude Brothers
New York

B.B. 967

Printed in U.S.A.

2

_ ge tres - in _ ju _ _ _ ste, Ju _ geant, ju _ geant in _ ju _ ste _

tres - in _ ju _ ste, Ju _ geant in _ ju _ ste _ ment, in _

_ ge tres - in _ ju _ _ _ ste, Ju _ geant, ju _ geant in _ ju _ ste _

Ju _ ge tres - in _ ju _ ste, Ju _ geant in _ ju _ ste _

_ ment la ju _ sti _ ce tres - ju _ ste, la ju _ sti = ce tres _

_ ju _ ste _ ment la ju _ sti _ ce tres - ju _ ste, la ju _

_ ment la ju _ sti _ ce, la ju _ sti _ ce tres - ju _ _

_ ment la ju _ sti _ _ _ ce tres - ju _ ste, la

_ ju _ ste, tres - ju _ _ _ ste: Vien _ dra de jour un jour,

_ sti _ ce tres - ju _ _ _ ste: Vien _ dra de jour un jour,

_ ste, ju _ sti _ ce tres - ju _ ste: Vien _ dra de jour un jour, vien _ dra de

ju _ sti _ ce tres _ ju _ ste: Vien _ dra de jour un jour, vien _ dra

4

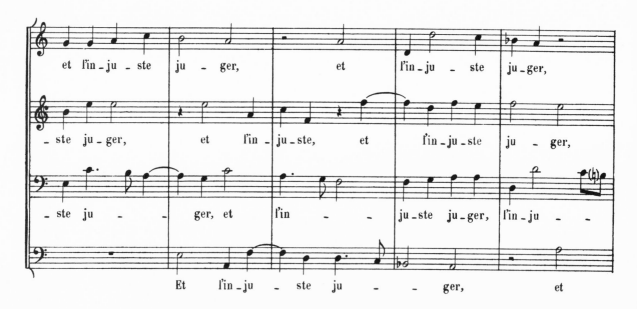

et l'in _ ju _ ste ju _ ger, et l'in_ju _ ste ju _ ger,
_ ste ju _ ger, et l'in _ ju_ste, et l'in_ju_ste ju _ ger,
_ ste ju _ ger, et l'in _ _ ju_ste ju_ger, l'in_ju _ _
Et l'in_ju _ ste ju _ _ ger, et

(*)
et l'in_ju _ ste ju _ _ ger d'un ju _
et l'in_ju _ ste ju _ ger d'un ju _ ste ju _ _
_ ste, et l'in _ ju_ste ju _ ger d'un ju _ ste ju_ge_
l'in_ju _ _ ste ju _ ger d'un ju _ ste ju _ ge_ment,

_ ste ju _ ge_ment, d'un ju _ ste ju _ gement, ju _ ste ju_ge_ ment.
_ gement,d'un ju _ ste ju _ gement,d'un ju _ ste ju _ ge _ ment.
_ ment,d'un ju _ ste ju _ _ gement, d'un ju _ ste ju _ ge _ ment.
d'un ju _ ste, d'un ju _ _ ste ju _ ge _ ment.

SECONDE PARTIE

NOTATION ORIGINALE

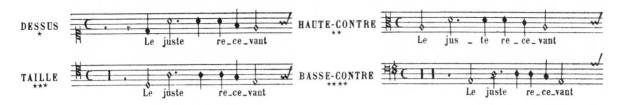

6

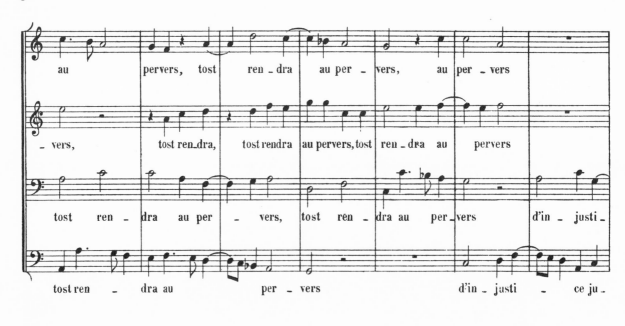

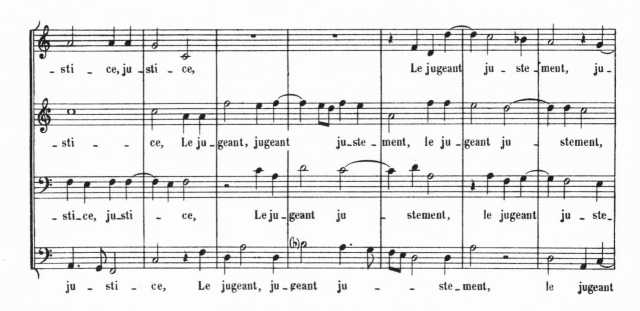

stement ___ du mes ___ me ju ___ gement, du mes ___ me ju ___ ge-

ju ___ stement du mes ___ me, du mes ___ me ju_gement

_ment, ju ___ stement du mes ___ me ju ___ ___ gement, du mesme ju ___

ju ___ ste ___ ment du mes ___ me, du mes ___ me ju_gement

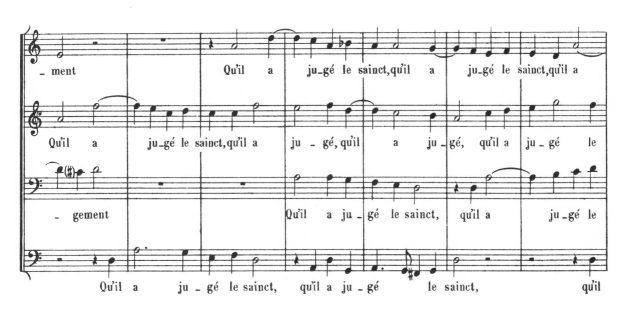

_ ment Qu'il a ju_gé le sainct, qu'il a ju_gé le sainct, qu'il a

Qu'il a ju_gé le sainct, qu'il a ju ___ gé, qu'il a ju ___ gé, qu'il a ju ___ gé le

_ gement Qu'il a ju _ gé le sainct, qu'il a ju_gé le

Qu'il a ju _ gé le sainct, qu'il a ju _ gé le sainct, qu'il

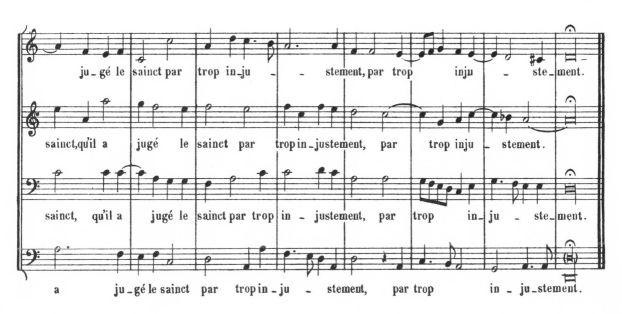

ju _ gé le sainct par trop in_ju ___ stement, par trop inju _ ste_ment.

sainct, qu'il a jugé le sainct par trop in_justement, par trop inju _ stement.

sainct, qu'il a jugé le sainct par trop in _ justement, par trop in_ju _ ste_ment.

a ju_gé le sainct par trop in_ju _ stement, par trop in _ ju_stement.

8

II

D'UNE MIELLEUSE VOIX

PREMIÈRE PARTIE

NOTATION ORIGINALE

_fois il ne peut de _ dans la terre en _ trer, Et

ne peut de _ dans, de _ dans la terre en _ trer, Et son so _

il ne peut de _ dans, de _ dans la ter _ _ re entrer,

peut de _ dans la terre en _ trer,

son so _ li _ de corps de ses rais pe _

_ li _ de corps de ses rais pe _ ne _

Et son so _ li _ de corps de ses rais pe _

Et son so _ li _ de corps de ses rais pe _ ne _

_ ne _ trer, Ny mes _ me voir le fond, le fond des a _

_ trer, Ny mes _ me voir le fond des a _ bis _ mes de

_ ne _ trer, Ny mes _ _ me voir le fond des a _ bis _ mes de

_ trer, Ny mes _ me voir le fond des a _ bis _ mes de l'on _

B.B. 967

10

(*) Dans l'original: *l hauteur*.

SECONDE PARTIE

NOTATION ORIGINALE

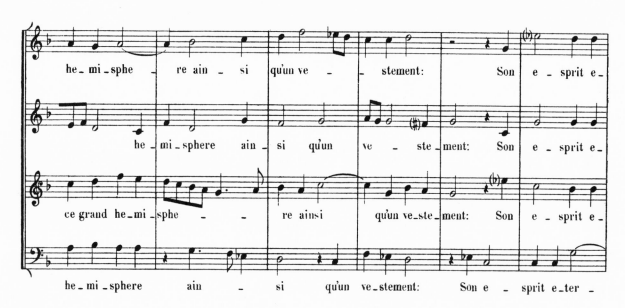

puis _ san _ ce   Re _ gar _ de ce qui fut,   est, et

_ te puissan _ ce, sa tou_te puis _ san _ ce Re_gar _ _ de ce qui fut, est,

et   sa tou _ te puissan _ ce Regar _ de,   re _ gar_de ce qui fut,   est,

et   sa tou _ te puis _ san _ ce Re_gar _ de ce qui   fut,   est,

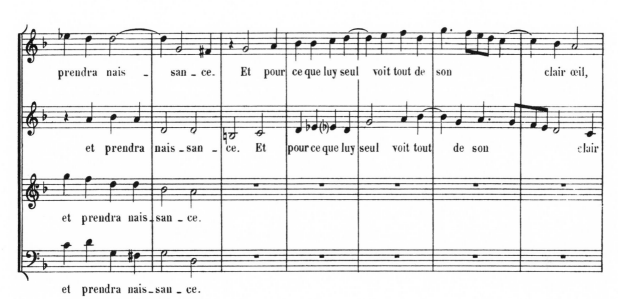

prendra nais _ san _ ce. Et pour ce que luy seul voit tout de son   clair œil,

et prendra nais_san _ ce. Et pour ce que luy seul voit tout de son   clair

et prendra nais_san _ ce.

et prendra nais_san _ ce.

On le peut à bon droit   nom _ mer   le vray so _ leil.

œil,   On le peut à bon droit   nommer   le vray so _ leil.

On le peut à bon droit, à bon droit nommer,   nommer   le vray so _ leil.

On le peut à bon droit   nom _ mer   le vray so _ leil.

III

ROSE, VOSTRE BEAU TEINT

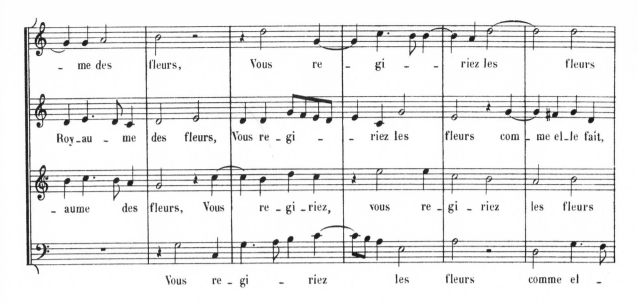

à ma _ da _ me, de_par _ tit à ma _
_ da _ me, de _ par _ tit à ma_da _ _ me, à
_ tit à ma _ da _ me, de _ par _ _ tit à
à ma _ da _ _ me, de_par _ tit à ma_
_ da _ _ me: Pa _ reil _ les en beau _ té, pa_reil _ les en
ma_da _ me: Pa _ reil _ les en beau _ té, pa _ reil _ les en
ma _ da_me: Pa _ reil _ les- en beau _ té, pa _ reilles en
_ da _ _ me: Pa _ reil _ _ les en beau _ té, pa _ reil _ les en
cou _ leurs, Si Ju _ pi _ter fai _ soit un Roy _ au _
couleurs, Si Ju _ pi_ter fai _ soit un Roy_au _ me, un
couleurs, Si Ju _ pi _ ter fai_soit un Roy_au _ me des fleurs, un Roy_
couleurs, Si Ju _ pi_ter fai_soit un Roy _ au _ me des fleurs,

18

IV

HEUREUX LE SIECLE PREMIER

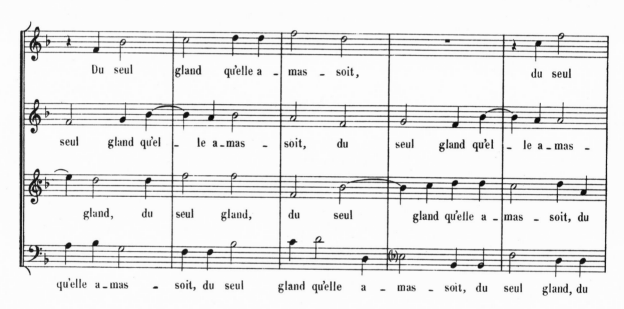

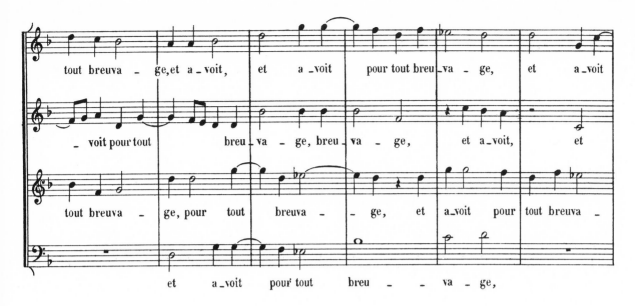

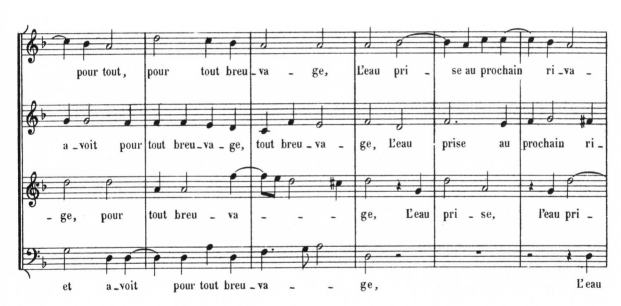

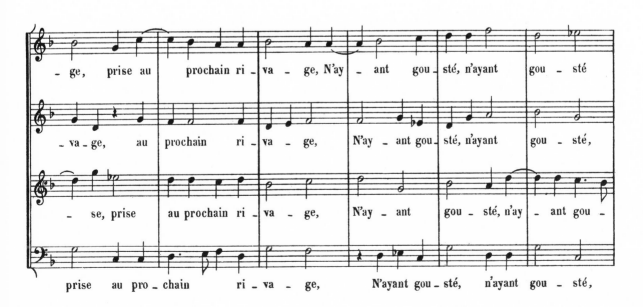

V

CELUY QUI VOUDRA S'EMPESCHER

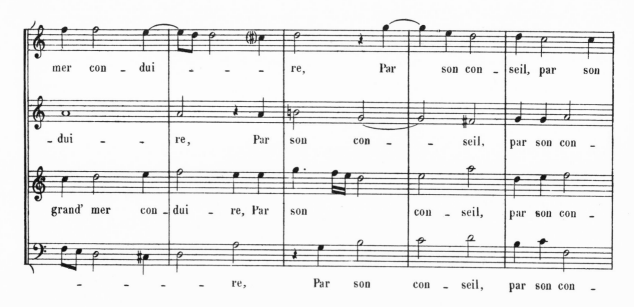

mer con _ dui _ _ _ re, Par son con _ seil, par son

_ dui _ _ re, Par son con _ _ seil, par son con _

grand' mer con _ dui _ re, Par son con _ seil, par son con _

_ _ _ _ re, Par son con _ seil, par son con _

con _ seil u _ ne na _ vi _ re, u _ ne na _ vire, Et u _

_ seil u _ ne na _ vi _ re, u _ ne na _ vi _ re, Et u _ ne

_ seil u _ ne na _ vi _ re, u _ ne na _ vi _ re, u _ ne na _ vi _ re, Et

_ seil u _ ne na _ vi _ re, u _ ne na _ vi _ re, Et u _ _ ne

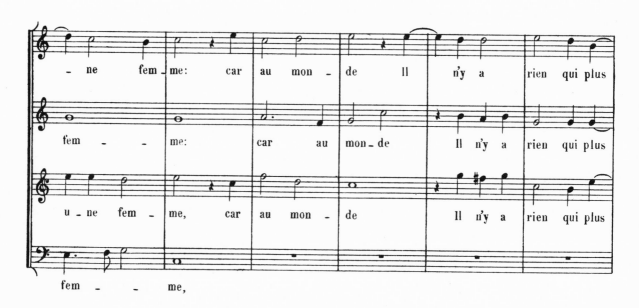

_ ne fem _ me: car au mon _ de Il n'y a rien qui plus

fem _ _ me: car au mon _ de Il n'y a rien qui plus

u _ ne fem _ me, car au mon _ de Il n'y a rien qui plus

fem _ _ me,

26

VI

NOEL—UN ENFANT DU CIEL NOUS EST NÉ

cher, Pour nous fai _ re co _ gnoi _ _ _ stre Qu'il est no _ stre vray mai _ _ stre

Pour nous fai _ re co _ gnoi _ stre Qu'il est no _ stre vray mai _ _

_ cher, Pour nous fai _ re co _ gnoi _ stre Qu'il est no _ stre vray mai _ _ _

_ cher, Pour nous fai _ re co _ gnoi _ stre Qu'il est _ no _ stre vray

No _ el, no _ el, no _ el, no _ el, no _ el, no _ el, no _ el.

_ _ _ _ _ stre. No _ el, no _ el, no _ el, no _ el, no _ el, no _

_ _ stre. No _ el, no _ el, no _ el, no _ el, no _ el, no _ el, no _

mai _ stre. No _ el, no _ el, no _ el, no _ el, no _ el, no _ el.

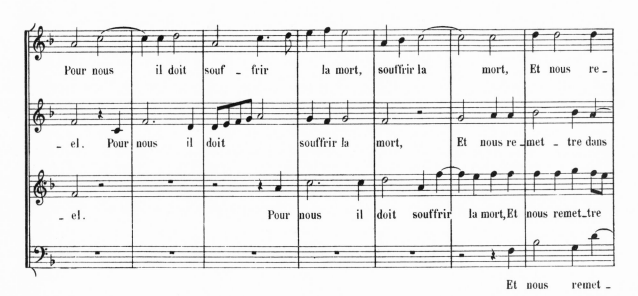

Pour nous il doit souf _ frir la mort, souffrir la mort, Et nous re _

_ el. Pour nous il doit souffrir la mort, Et nous re _ met _ tre dans

_ el. Pour nous il doit souffrir la mort, Et nous remet _ tre

Et nous remet _

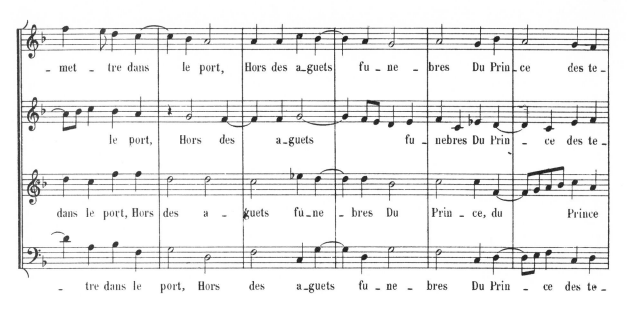

_met _ tre dans le port, Hors des a_guets fu _ ne _ bres Du Prin _ ce des te_

le port, Hors des a_guets fu _ nebres Du Prin _ ce des te_

dans le port, Hors des a _ guets fu_ne_ bres Du Prin _ ce, du Prince

_ tre dans le port, Hors des a_guets fu _ ne _ bres Du Prin _ ce des te_

_ ne _ _ bres. Pri_ons le tous de _ vo _ ti _ eux, Qu'il nous face ha_bi_

_ ne _ _ bres. Pri_ons le tous de _ vo_ti_eux,

des te _ ne _ bres. Pri_ons le tous de _ vo_ti_eux, Qu'il nous face ha _ bi_ter

_ ne _ _ bres. Pri_ons le tous de _ vo_ti_eux, Qu'il nous face ha_bi_

_ ter les Cieux, ha _ bi _ ter les Cieux, Fer_mez par nostre Pe _ re, Et

Qu'il nous face ha _ bi_ter les Cieux, Fermez, fer_mez par no _ stre Pe_re, Et

les Cieux, ha_bi_ter les Cieux, Fermez par no _ stre Pe _ re,

_ ter les Cieux, ha _ bi _ ter les Cieux, Fermez par nostre Pe _ re, Et r'ouvers

r'ou _ vers par sa me _ re. No _ el, no _ el,

r'ou _ vers, r'ou _ vers par sa me _ re. No _ el, no _ el,

Et r'ou _ vers par sa me _ re. No _ el, no _ el, no _

par sa me _ re. No _ el, no _ el, no _ el, no _ el,

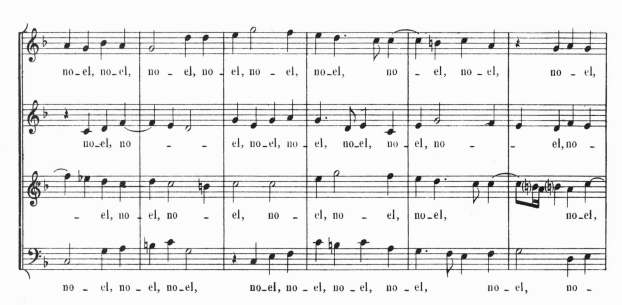

no _ el, no _ el, no _ el, no _ el, no _ el, no _ el, no _ el, no _ el, no _ el,

no _ el, no _ el, no _ el, no _ el, no _ el, no _ el, no _ el,no

_ el, no _ el, no _ el, no _ el, no _ el, no _ el, no _ el,

no _ el, no _ el, no_el, no _ el, no _ el, no _ el, no _ el, no _ el, no _

no _ el, no _ el, no _ el, no _ el, no _ el, no _ el,no _ el, no _ el, no _ el.

_ el, no _ el, no _ el, no _ el, no _ el, no _ el, no _ el, no _ el. el.

no _ el, no _ el, no _ el, no _ el, no _ el, no _ el, no _ el.

_ el, no _ el, no _ el, no _ el, no _ el, no _ _ el, no _ el, no _ el, no _ el.

VII

NOEL — SORS DE TON LIT PARÉ

NOTATION ORIGINALE

DESSUS
No_el, no_el, no_el

HAUTE-CONTRE
No_el, no_el, no_el, no_el

TAILLE
No_el, no_el, no_el, no_el, no_el

BASSE-CONTRE
No_el, no_el, no_el, no_el

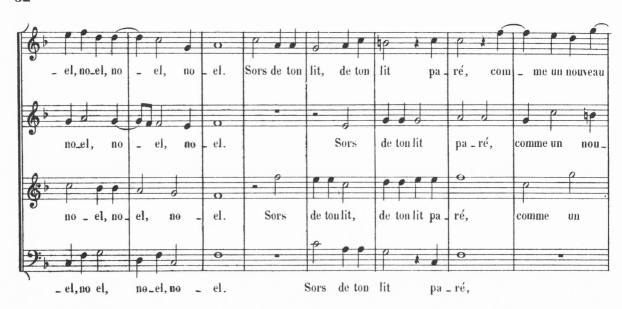

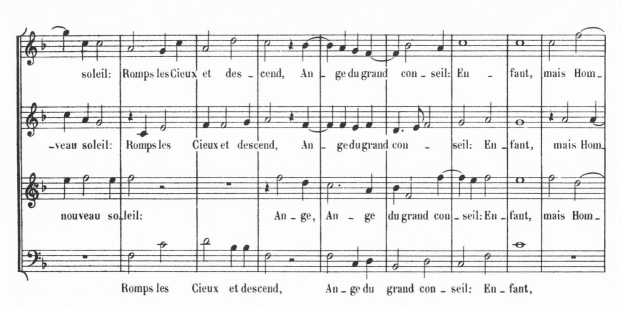

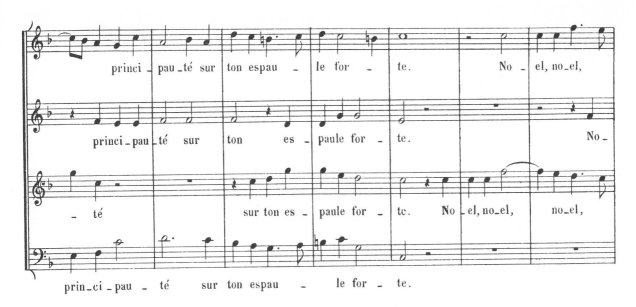

princi _ pau _ té sur ton espau _ le for _ te. No _ el, no_el,

princi _ pau _ té sur ton es _ paule for _ te. No_

_ té sur ton es _ paule for _ te. No _ el, no_el, no_el,

prin_ci _ pau _ té sur ton espau _ le for _ te.

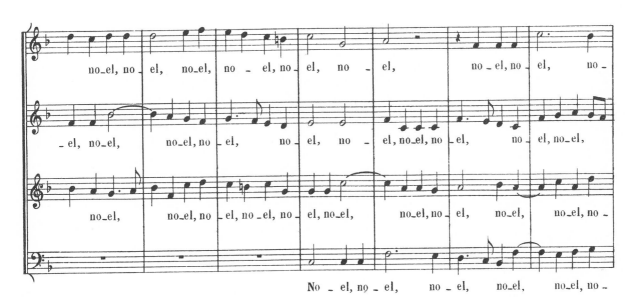

no_el, no _ el, no_el, no _ el, no _ el, no _ el, no_el, no _ el, no_

_ el, no_el, no_el, no _ el, no _ el, no _ el, no_el, no _ el, no _ el, no_el,

no_el, no_el, no _ el, no _ el, no _ el, no_el, no _ el, no_el, no_el, no_

No _ el, no _ el, no _ el, no _ el, no_el, no_

_ el, noel, no _ el, no _ el, noel, noel, no _ el, noel, noel, no _ el, no _ el.

noel, no_el, no _ el, noel, no _ el, no _ el, noel, noel, no _ el.

_ el, no_el, no_el, no _ el, noel, no _ el, noel, no _ el, noel, no _ el, no _ el.

_ el, noel, no_el, no _ el, noel, noel, no _ el, noel, noel, no _ el, no _ el.

VIII

NOEL. — ACCOUREZ, BONS FRANÇOIS

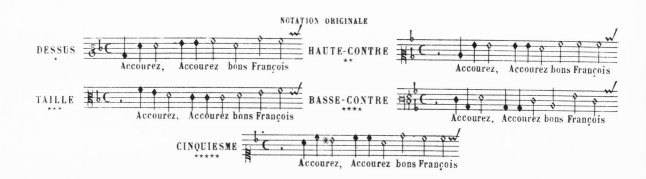

IX

NOEL —— LE PREMIER PERE ADAM

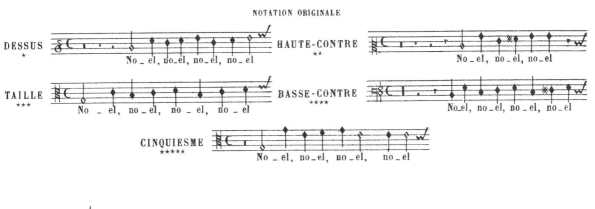

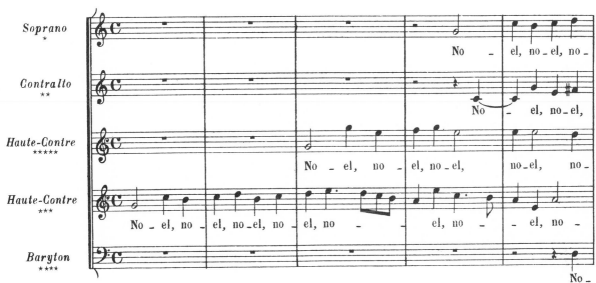

38

40

B.B. 967

42

X

NOEL—A CE BEAU JOUR DE NOEL

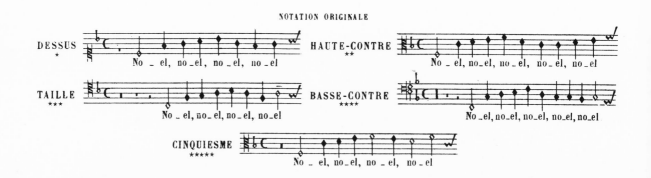

XI

NOEL — LE SAINCT PROMIS

XII

NOEL — SUS, TROUPE CHANTERESSE

NOTATION ORIGINALE

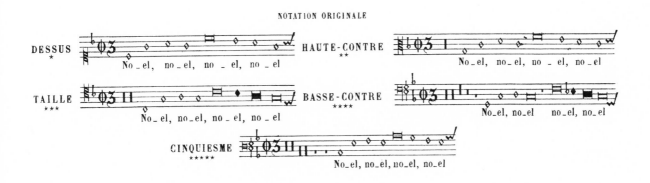

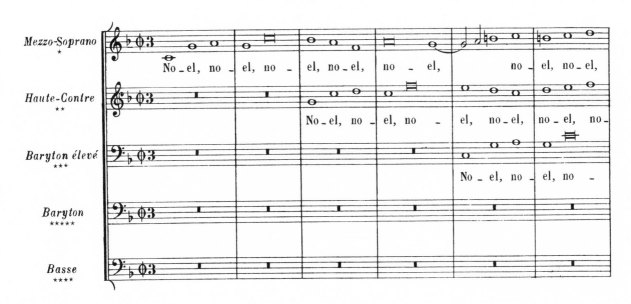

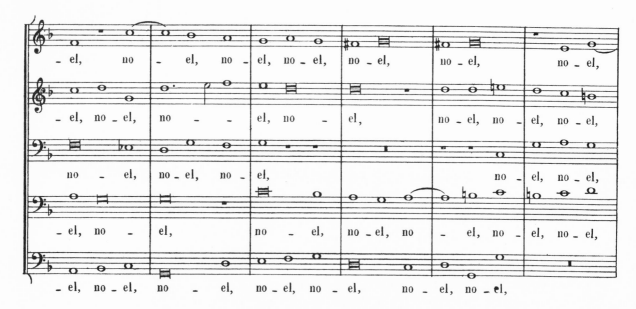

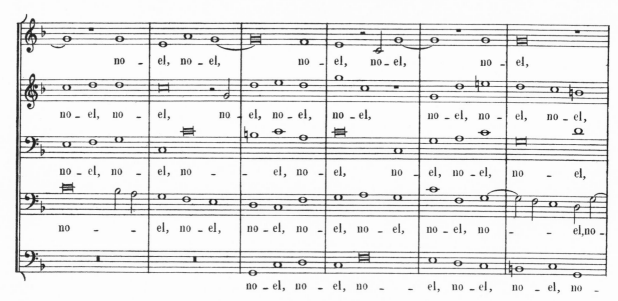

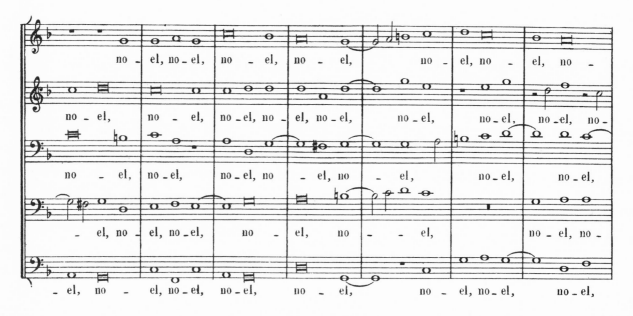

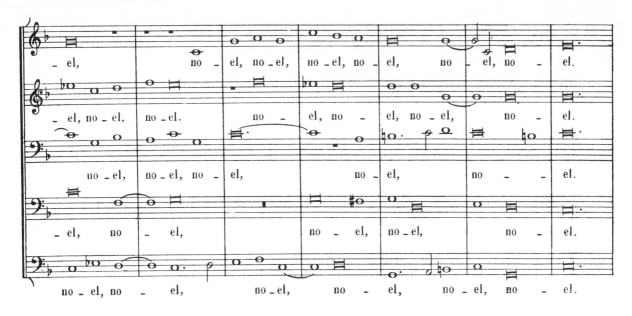

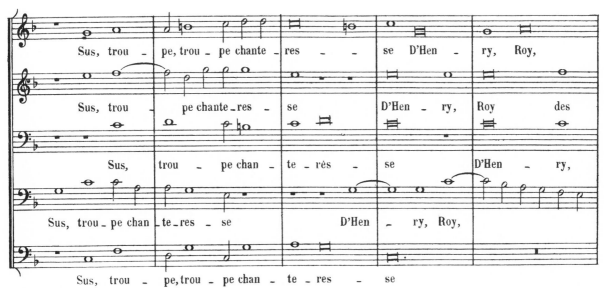

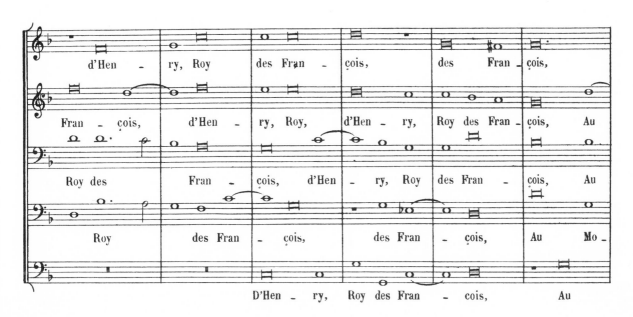

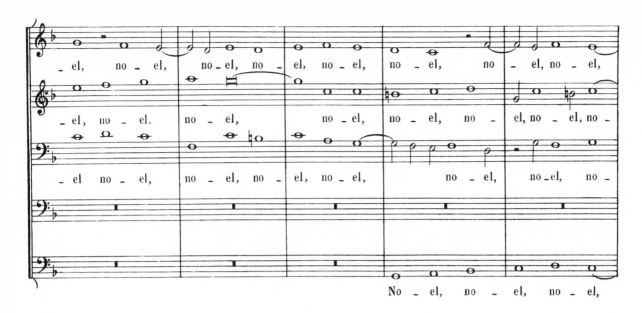

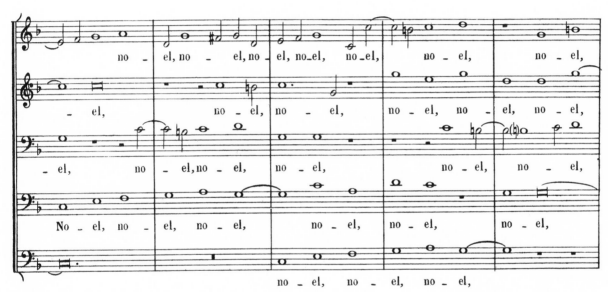

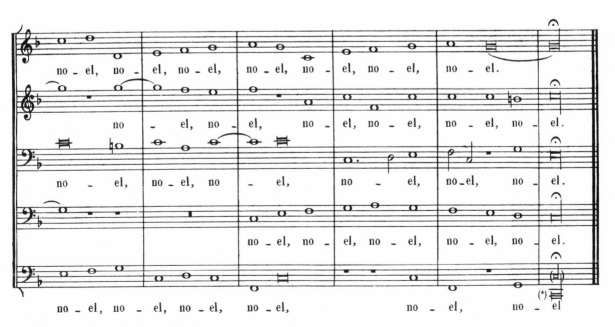

(*) Il va sans dire que cet Ut extraordinaire
pourra être exécuté à l'8.¹ᵉ superieure, comme vous le notons.

B.B. 967

XIII

NOUS TE LOÜONS, BON DIEU

(VERS MESURÉS A L'ANTIQUE)

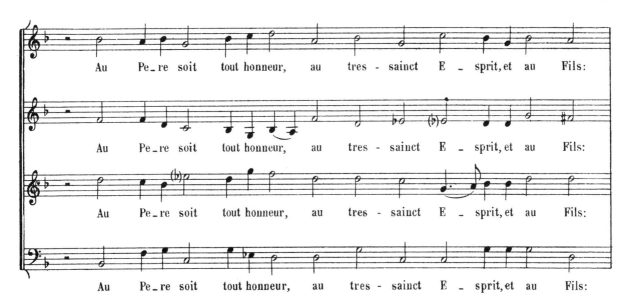

Au Pe_re soit tout honneur, au tres - sainct E _ sprit, et au Fils:

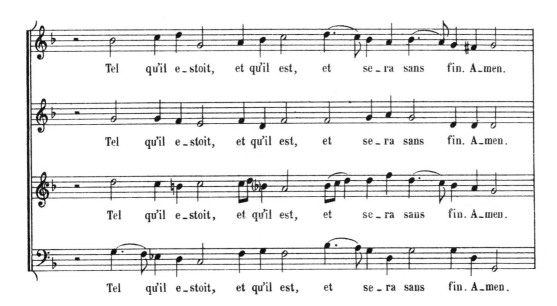

Tel qu'il e_stoit, et qu'il est, et se_ra sans fin. A_men.

Tel qu'il e_stoit, et qu'il est, et se_ra sans fin. A_men.

XIV

VOUS QUI LE PARVIS DU SEIGNEUR FREQUENTEZ

(*VERS MESURÉS A L'ANTIQUE*)

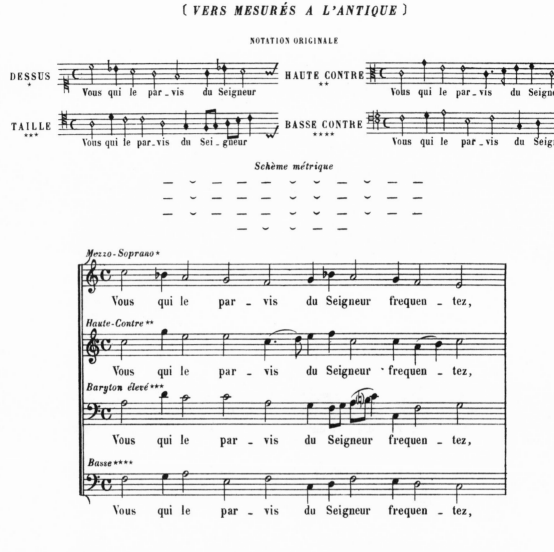

NOTATION ORIGINALE

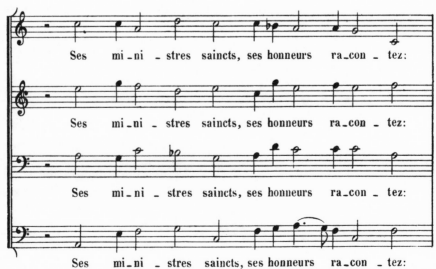

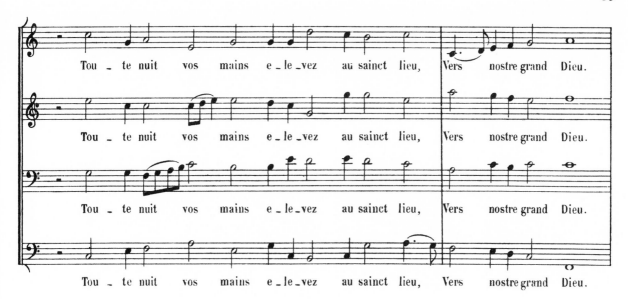

Tou _ te nuit vos mains e _ le _ vez au sainct lieu, Vers nostre grand Dieu.

Tou _ te nuit vos mains e _ le _ vez au sainct lieu, Vers nostre grand Dieu.

Tou _ te nuit vos mains e _ le _ vez au sainct lieu, Vers nostre grand Dieu.

Tou _ te nuit vos mains e _ le _ vez au sainct lieu, Vers nostre grand Dieu.

Tou _ te nuit vos mains e _ le _ vez au sainct lieu, Vers nostre grand Dieu.

Tou _ te nuit vos mains e _ le _ vez au sainct lieu, Vers nostre grand Dieu.

Tou _ te nuit vos mains e _ le _ vez au sainct lieu, Vers nostre grand Dieu.

Tou _ te nuit vos mains e _ le _ vez au sainct lieu, Vers nostre grand Dieu.

Et de _ vos chan _ tans, be _ nis _ sez sa bon _ té:

Et de _ vos chan _ tans, be _ nis _ sez sa bon _ té:

Et de _ vos chan _ tans, be _ nis _ sez sa bon _ té:

Et de _ vos chan _ tans, be _ nis _ sez sa bon _ té:

Dieu qui fit l'en _ tour de ce mon _ de vou _ té,

Sur Si _ on, son mont, de sa dou _ ce mer _ cy, Vous benisse aus _ si.

Sur Si _ on, son mont, de sa dou _ ce mer _ cy, Vous benisse aus _ si

XV

DIEU BENIN, J'ESPANS JOUR ET NUIT DEVANT TOY

(VERS MESURÉS A L'ANTIQUE)

Sus, soupirs, mon _ tez de ce creux et bas lieu, Ju _ sques à mon Dieu.
Et ti_rer ton nom ve_ne_rable et tant beau, D'un sa_le tom _ beau?

Sus, soupirs, mon _ tez de ce creux et bas lieu, Ju _ sques à mon Dieu.
Et ti_rer ton nom ve_ne_rable et tant beau, D'un sa_le tom _ beau?

Sus, soupirs, mon _ tez de ce creux et bas lieu, Ju _ sques à mon Dieu.
Et ti_rer ton nom ve_ne_rable et tant beau, D'un sa_le tom _ beau?

Sus, soupirs, mon _ tez de ce creux et bas lieu, Ju _ sques à mon Dieu
Et ti_rer ton nom ve_ne_rable et tant beau, D'un sa_le tom _ beau?

Sus, soupirs, mon _ tez de ce creux et bas lieu, Ju _ sques à mon Dieu.
Et ti_rer ton nom ve_ne_rable et tant beau, D'un sa_le tom _ beau?

Sus, soupirs, mon _ tez de ce creux et bas lieu, Ju _ sques à mon Dieu.
Et ti_rer ton nom ve_ne_rable et tant beau, D'un sa_le tom _ beau?

Sus, soupirs, mon _ tez de ce creux et bas lieu, Ju _ sques à mon Dieu.
Et ti_rer ton nom ve_ne_rable et tant beau, D'un sa_le tom _ beau?

Sus, soupirs, mon _ tez de ce creux et bas lieu, Ju _ sques à mon Dieu.
Et ti_rer ton nom ve_ne_rable et tant beau, D'un sa_le tom _ beau?

Dans le ventre ob _ scur du malheur re_ser _ ré,
N'est - ce plus au Ciel que se mon _ stre tes faits?

Dans le ventre ob _ scur du malheur re_ser _ ré,
N'est - ce plus au Ciel que se mon _ stre tes faits?

Dans le ventre ob _ scur du malheur re_ser _ ré,
N'est - ce plus au Ciel que se mon _ stre tes faits?

Dans le ventre ob_ scur du malheur re_ser _ ré,
N'est - ce plus au Ciel que se mon _ stre tes faits?

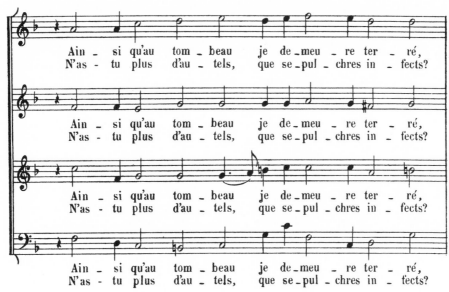

Ain _ si qu'au tom _ beau je de_meu _ re ter _ ré,
N'as - tu plus d'au _ tels, que se_pul _ chres in _ fects?

Sans a_mis, sans jour qui me lui _ se,et sans voir L'au _ be de l'e _ spoir.
Quoy ne faut - il plus d'holo_caus _ te chau _ fer? Tem _ ple que l'en _ fer?

Sans a_mis, sans jour qui me lui _ se,et sans voir L'au _ be de l'e _ spoir.
Quoy ne faut - il plus d'holo_caus _ te chau _ fer? Tem _ ple que l'en _ fer?

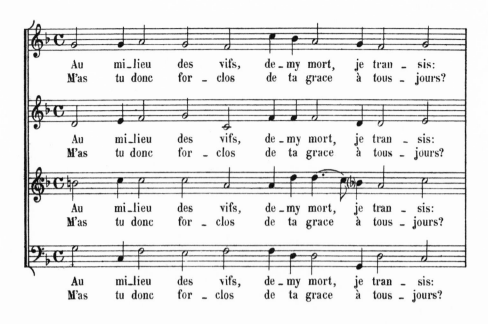

Au mi_lieu des vifs, de _ my mort, je tran _ sis:
M'as tu donc for _ clos de ta grace à tous _ jours?

Au milieu des morts, de _ my vif, je lan _ guis:
Pas _ se_ray - je ain _ si ce qui reste à mes jours?

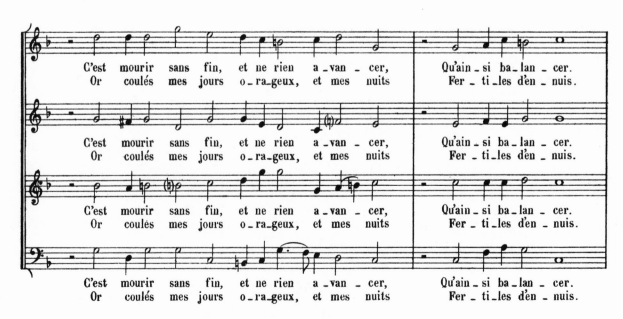

C'est mourir sans fin, et ne rien a _van _ cer, Qu'ain _ si ba_lan _ cer.
Or coulés mes jours o_ra_geux, et mes nuits Fer _ ti_les d'en _ nuis.

C'est mourir sans fin, et ne rien a_van _ cer, Qu'ain _ si ba_lan _ cer.
Or cou_lés mes jours o _rageux, et mes nuits Fer _ ti_les d'en _ nuis.

Quant je veux chan _ ter, je ne rens que san _ glots:
Puis que ton cour _ roux a ra_vi de mes bras

Si je join les mains, je ne join que des os:
Mon sou_las, mon bien, hé je sens le tre _ spas!

B.B. 967

XVI

PRESTE L'OREILLE A MA COMPLAINTE

(VERS MESURÉS A L'ANTIQUE)

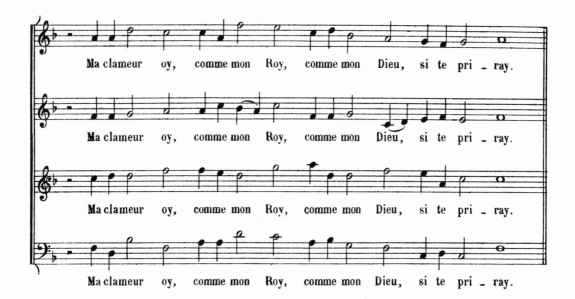

Ma clameur oy, comme mon Roy, comme mon Dieu, si te pri _ ray.

Ma clameur oy, comme mon Roy, comme mon Dieu, si te pri _ ray.

Ma clameur oy, comme mon Roy, comme mon Dieu, si te pri _ ray.

Ma clameur oy, comme mon Roy, comme mon Dieu, si te pri _ ray.

De ma_tin don _ que ma voix, Si _ re, tu or _ ras:

De ma_tin don _ que ma voix, Si _ re, tu or _ ras:

De ma_tin don _ que ma voix, Si _ re, tu or _ ras:

De ma_tin don _ que ma voix, Si _ re, tu or _ ras:

De ma_tin don _ que j'a_prê _ te mon o_rai_son tou_te vers toy:

De ma_tin don _ que j'a_prê _ te mon o_rai _ son tou_te vers toy:

De ma_tin don _ que j'a_prê _ te mon o_rai _ son tou_te vers toy:

De ma_tin don _ que j'a_prê _ te mon o_rai _ son tou_te vers toy:

Dieu re_gar _ dant, ma de_li _ vran _ ce j'a_ten _ dray:

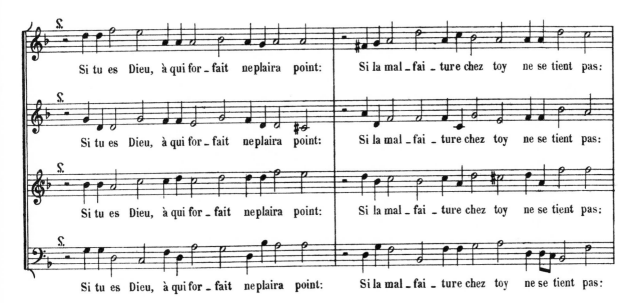

Si tu es Dieu, à qui for_fait ne plaira point: Si la mal_fai_ture chez toy ne se tient pas:

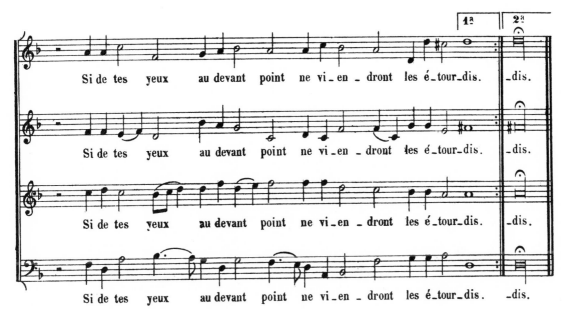

Si de tes yeux au devant point ne vi_en_dront les é_tour_dis. _dis.

XVII

SI LE TOUT-PUISSANT N'ETABLIT LA MAISON

(VERS MESURÉS A L'ANTIQUE)

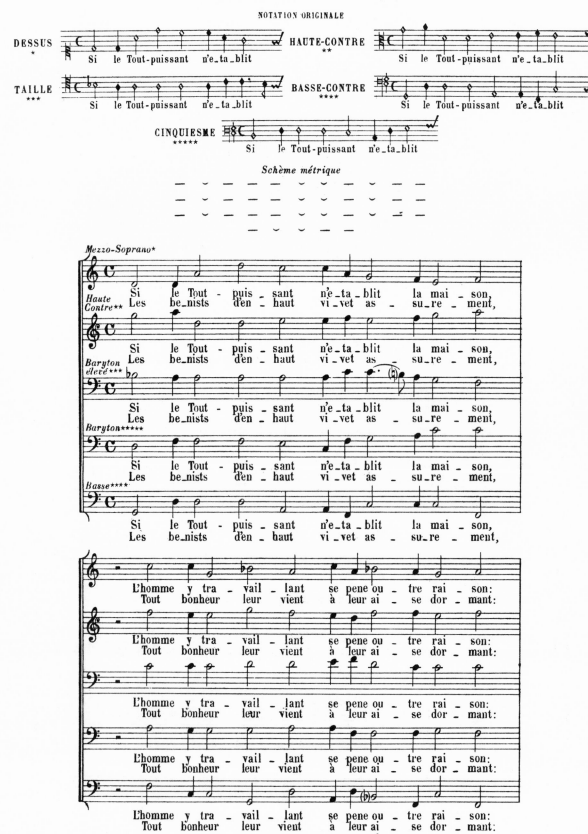

Vous veillez sans fruit la ci _ té de _ fen _ dant, Dieu ne la gar _ dant.
Voy qu'ils ont en don de la tou _ te bon _ té, Des fiz à plan _ té.

Ains que l'aube en _ cor' le jour ait e _ clair _ cy,
Tels que sont les traits à la main du puis _ sant,

Quit _ te moy ton lit re _ veil _ lé de sou _ cy,
Des haineux au loin tout e _ fort re _ pous _ sant:

Quit _ te moy ton lit re _ veil _ lé de sou _ cy,
Des haineux au loin tout e _ fort re _ pous _ sant:

Quit _ te moy ton lit re _ veil _ lé de sou _ cy,
Des haineux au loin tout e _ fort re _ pous _ sant:

Quit _ te moy ton lit re _ veil _ lé de sou _ cy,
Des haineux au loin tout e _ fort re _ pous _ sant:

Quit _ te moy ton lit re _ veil _ lé de sou _ cy,
Des haineux au loin tout e _ fort re _ pous _ sant:

Sou _ tenant sans plus ta de _ tres _ se d'un pain, Ton labeur est vain.
Tels seront les fiz de la jeu _ ne sai _ son Au pe _ re gri _ son.

Sou _ tenant sans plus ta de _ tres _ se d'un pain, Ton labeur est vain.
Tels seront les fiz de la jeu _ ne sai _ son Au pe _ re gri _ son.

Sou _ tenant sans plus ta de _ tres _ se d'un pain, Ton labeur est vain.
Tels seront les fiz de la jeu _ ne sai _ son Au pe _ re gri _ son.

Sou _ tenant sans plus ta de _ tres _ se d'un pain, Ton labeur est vain.
Tels seront les fiz de la jeu _ ne sai _ son Au pe _ re gri _ son.

Sou _ tenant sans plus ta de _ tres _ se d'un pain, Ton labeur est vain.
Tels seront les fiz de la jeu _ ne sai _ son Au pe _ re gri _ son.

XVIII

O CREATEUR, TU REMETS

(*VERS MESURÉS A L'ANTIQUE*)

Puis que je suis si heu_reux Que d'a_voir con _ tem _ plé de mes yeux,

Du peu_ple tien le sa_lut.

C'est le sa_lut mis a_vant, Pour sau _ ver tout peu_ple vi _ vant:

A qui l'oy_ant, voit et croit.

A qui l'oy_ant, voit et croit.

A qui l'oy_ant, voit et croit.

A qui l'oy_ant, voit et croit.

A qui l'oy_ant, voit et croit.

Grand flam _ beau re_dres_sé Aux Gen _ tils, Is _ ra_ël haus _ sé

Grand flam _ beau re_dres_sé Aux Gen _ tils, Is _ ra_ël haus_sé

Grand flam _ beau re_dres_sé Aux Gen _ tils, Is _ ra _ ël haus _ sé

Grand flam _ beau re_dres_sé Aux Gen _ tils, Is _ ra _ ël haus _ sé

Grand flam _ beau re_dres_sé Aux Gen _ tils, Is _ ra _ ël haus _ sé

Gloire et tri _ om _ phe re_çoit.

Gloire et tri _ om _ phe re_coit.

Gloire et tri _ om _ phe re_coit.

Gloire et tri _ om _ phe re_coit.

Gloire et tri _ om _ phe re_coit.

XIX

A LA ROYNE

NINFE QUI TIENS TANT D'HEUR

(VERS MESURÉS A L'ANTIQUE)

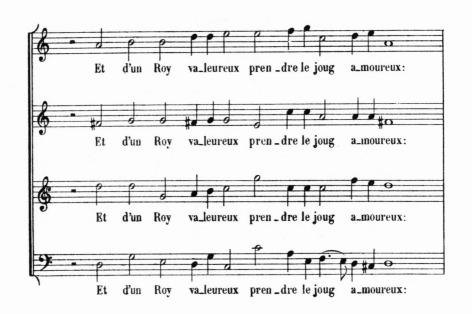

Quel paresseux De _ mon te retient à Floren _ ce si long temps,

Sur le sablon Tos _ can, loing de ton A _ stre nouveau?

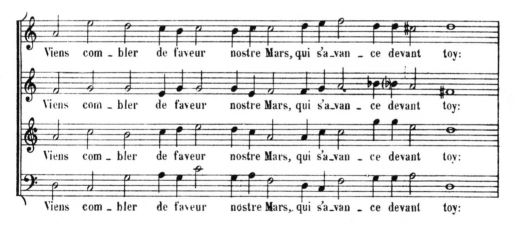

Viens com _ bler de faveur nostre Mars, qui s'a _ van _ ce devant toy:

O! quelle trou _ pe de Dieux et de De _ es _ ses t'at _ tend.

Les forts vents de la mer bien _ tost sur l'on _ de pa_roi _ stront,

Des _ ja la Bru _ me revient, qui nous al_lon _ ge la nuit.

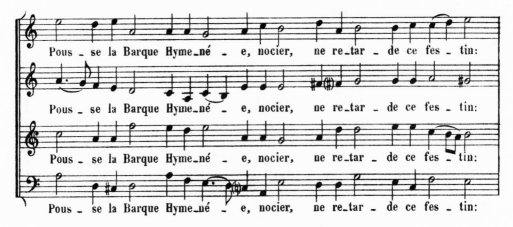

Pous _ se la Barque Hyme_né _ e, nocier, ne re_tar _ de ce fes _ tin:

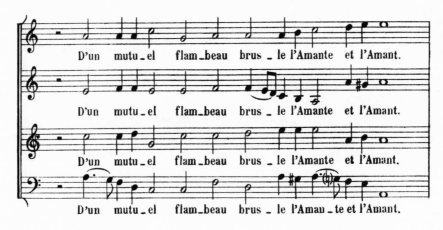

D'un mutu_el flam_beau brus _ le l'Amante et l'Amant.

En _ tre la guerre et la paix que la France ait   lais _ sé de chan _ ter:

En _ tre la guerre et la paix que la France ait   lais _ sé de chan _ ter:

En _ tre la guerre et la paix que la France ait   lais _ sé de chan _ ter:

En _ tre la guerre et la paix que la France ait   lais _ sé de chan _ ter:

O   Hymenée,   Hymenée,   ô   Hymené _ e d'Amour.

O   Hymenée,   Hymenée,   ô   Hymené _ e d'Amour.

O   Hymenée,   Hymenée,   ô   Hymené _ e d'Amour.

O   Hymenée,   Hymenée,   ô   Hymené _ e d'Amour.

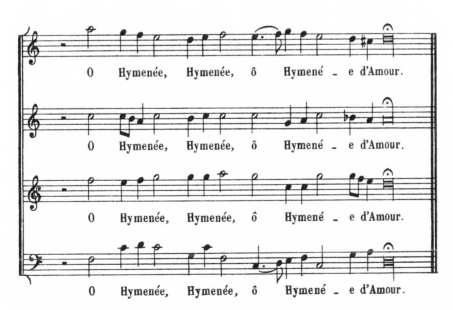

O   Hymené,   Hymenée,   ô   Hymené _ e d'Amour.

O   Hymenée,   Hymenée,   ô   Hymené _ e d'Amour.

O   Hymenée,   Hymenée,   ô   Hymené _ e d'Amour.

O   Hymenée,   Hymenée,   ô   Hymené _ e d'Amour.

XX

DELIETTE, MIGNONETTE, PUCELETTE

(VERS MESURÉS A L'ANTIQUE)

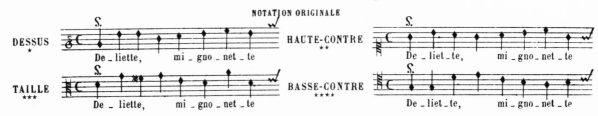

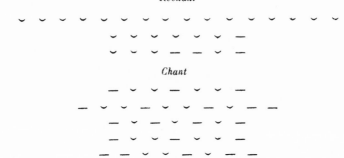

RECHANT

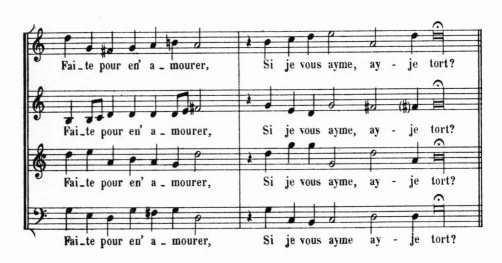

CHANT

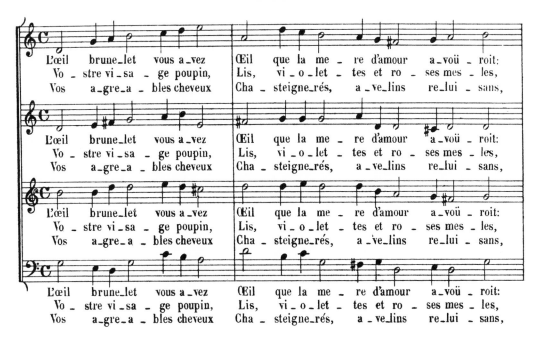

L'œil brune_let vous a_vez
Vo _ stre vi _ sa _ ge poupin,
Vos a_gre_a _ bles cheveux
Œil que la me _ re d'amour a_voü _ roit:
Lis, vi_o_let _ tes et ro _ ses mes_les,
Cha_steigne_rés, a_ve_lins re_lui_sans,

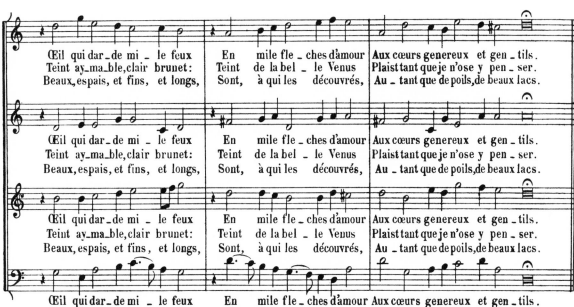

Œil qui dar_de mi _ le feux
Teint ay_ma_ble,clair brunet:
Beaux,espais, et fins, et longs,
En mile fle_ches d'amour Aux cœurs genereux et gen_tils.
Teint de la bel _ le Venus Plaist tant que je n'ose y pen_ser.
Sont, à qui les découvrés, Au_tant que de poils,de beaux lacs.

Reprise du Rechant *Deliette*

B.B. 967